HISTOIRE

DU

PARTI LIBÉRAL

EN ESPAGNE,

par Mr. J. M. Orense.

TRADUCTION DE LOUIS AVRIL.

BRUXELLES.

'MERIE DE J. H. BRIARD, RUE AUX LAINES, 4.

1855

INTRODUCTION.

Frappé de l'ignorance où se trouvent la France et d'autres pays par rapport aux faits les plus importants de l'histoire contemporaine d'Espagne, je me détermine à prendre la plume pour faire connaître la vérité.

Bien des gens croient la Péninsule dans une situation et avec des idées semblables à celles des siècles antérieurs : cette erreur pourrait être très-nuisible à ma patrie et aux nations qui auront avec elle des relations diplomatiques ou commerciales durant la nouvelle lutte qui se prépare entre les peuples et leurs gouvernements.

Les insurrections, les invasions, les batailles, les massacres, les proscriptions et les malheurs dont nous avons été témoins, nous ont fait envier le calme qui fut le partage de nos ancêtres ; mais ce calme a produit les maux que nous avons soufferts.

Espérons de la justice Providentielle que, de même que l'Angleterre depuis sa révolution du XVIIe siècle, la Péninsule croîtra en prospérité et en gloire, et que nos travaux et nos efforts auront pour but de rendre l'Espagne sinon supérieure, du moins égale aux autres nations ainsi qu'au XVe siècle, à la fin des guerres contre les Arabes, guerres qui durèrent sept cents ans sans lasser la constance Castillanne.

Les trois siècles de funeste repos, qui succédèrent aux

généreux efforts de Padilla et des *Communeros* dans le XVIe siècle, nous ont conduit à la prostration et à la tardivité où nous sommes aujourd'hui. Si le drapeau des communes eût triomphé à Villalar, l'Espagne aurait eu, en Europe, la position qui échut à l'Angleterre.

Cette histoire lue avec attention, montrera qu'à part les traits d'une originalité toute Péninsulaire, la Révolution Espagnole ressembla en plusieurs points à celles d'Angleterre et de France qui la précédèrent.

On a souvent répété qu'en Europe la liberté était de vieille date et le despotisme récent; rien n'est plus vrai. Il est certain que, dans le moyen âge la liberté était imparfaite; cependant les Cortès en Espagne, les États-généraux en France et les Parlements en Angleterre prouvent que les événements de 89 en France et de 1812 à Cadix n'étaient qu'une résurrection. Les Cortès de Cadix soutenant dans le discours préliminaire de leur fameuse constitution qu'elle était tirée des anciennes lois de Castille et d'Aragon, et ceux qui faisaient remarquer qu'elle était semblable à la constitution française de 91, étaient également dans le vrai.

Les règnes de Charles III et de Charles IV préparèrent la révolution Espagnole comme ceux de Louis XIV et de Louis XV, celle de France et comme ceux d'Henri VIII, d'Elisabeth et de Jacques Ier, celle d'Angleterre. Mais l'éclipse parlementaire qui dura peu d'années dans ce dernier pays, fut de 175 ans en France et de trois siècles en Espagne (1).

En Angleterre le protestantisme, et en France le vol-

(1) A dater de la mort de Padilla, les Cortès ne furent plus qu'un simulacre. Le peuple les appelait Cortès sourdes-muettes.

tairianisme avaient précédé la révolution. En Espagne, l'Inquisition avait empêché tout travail de ce genre : de là, la tendance religieuse de la constitution de Cadix au milieu de son radicalisme politique.

La révolution Anglaise se termina en 1688 au bout de 40 ans; plus de 60 ans ont passé pour la France et plus de 44 pour l'Espagne sans que ces deux pays entrevoient encore la fin de leurs secousses.

Quatre fois, à notre époque, le système démocratique a triomphé en Espagne, et autant de fois il a succombé par les fautes des hommes qui étaient au pouvoir et par les menées de l'Europe.

Les quatre triomphes ont été, comme en Angleterre et en France, non seulement faciles, mais inespérés.

Parcourons rapidement ces quatre périodes qui, avec les réactions qui les suivirent, comprennent presque un demi-siècle.

La première date du moment où, par la corruption de la cour de Charles IV et le favoritisme impopulaire de Godoy prince de la Paix, l'Espagne se trouva poussée à bout. Un mouvement populaire force Charles IV à abdiquer, le 19 mars 1808 en faveur de son fils Ferdinand VII. Napoléon veut substituer à celui-ci son frère Joseph. Le même peuple qui avait supporté Godoy pendant vingt ans, fit une guerre héroïque à Napoléon quoique Ferdinand VII lui eût cédé la couronne.

Sarragosse rivalise avec Sagonte et Numance; les aigles impériales triomphantes dans le reste de l'Europe, passent sous les fourches caudines à Bailen (1) et, si mille

_____

(1) Lamartine dit dans l'*Histoire de la Restauration,* liv. VIIe:

défaites suivirent cette victoire, elles n'en réveillèrent pas moins l'Europe et firent du nom Espagnol le synonime d'héroïsme comme au temps de nos luttes contre les Romains et les Maures.

L'attentat de Bayonne coûta cher à Napoléon, et l'Espagne fut la cause principale de sa chûte en ce qu'elle apprit à l'Europe qu'il n'était pas invincible.

Une fois vengée, l'Espagne, comme fatiguée du grand effort qu'elle venait de faire, se laissa dominer. Ferdinand VII trouva, en 1814, dans le général Elio, un Monk Espagnol.

Mais si les membres des Cortès de Cadix et de Madrid allaient aux bagnes ou dans l'exil, la classe moyenne et instruite restait attachée à la constitution de 1812 et il se faisait, dans les esprits, un travail qui, au bout de six ans, renversait Ferdinand VII.

Quiroga et Riego furent les héros du peuple, et l'armée qui devait aller rétablir le despotisme en Amérique, proclama en 1820 la constitution de Cadix : pour la seconde fois dans le XIXe siècle l'Espagne se vit libre !

Le libéralisme avait grandi durant l'oppression : les lois politiques ne lui suffisaient plus ; aussi supprima-t-il la moitié de la dîme, les majorats et les riches congrégations. Le règne de la liberté eût été assuré si, en 1823, le duc d'Angoulème n'eût pas fait, au nom de l'Europe absolutiste, avec 100,000 français ce qu'Elio avait fait en 1814. Riego mourut sur l'échafaud comme Padilla. L'Angleterre se borna à protester.

« Dupont cerné par les Anglais et la milice nationale, donna le premier exemple de capitulation. » En juillet 1808, il n'y avait pas une seule compagnie anglaise en Espagne.

Les Espagnols avaient espéré que ou l'armée française ou le peuple se soulèverait en 1823. Vain espoir! L'abattement fut général dans la Péninsule. Qui aurait pu, dans l'Espagne de 1823, reconnaître l'Espagne de 1808! qui, dans la France de 1823 aurait retrouvé la France de 93!

Alors, le sort de l'Espagne fut celui de la Castille après la bataille de Villalar, et celui de l'Aragon à la mort du *Gran Justicia* décapité par ordre de Philippe II (1).

La seconde tyrannie de Ferdinand VII dura dix ans. Les Français lavèrent leur honte en 1830; mais ils ne détruisirent pas l'œuvre des 100,000 fils de Saint-Louis, et le nouveau roi électif à qui l'on attribuait cet abandon, fut abhorré des patriotes Espagnols qu'il avait trompés.

Si en 1814 l'armée espagnole avait renversé la Liberté, elle la releva en 1820; et, en 1823, il fallut, pour l'abattre de nouveau, envoyer chez nous une armée étrangère.

(1) La constitution de l'Aragon, la plus libérale qu'ait jamais eue peuple monarchique, fut en vigueur pendant plusieurs siècles jusqu'à Philippe II.

Tout le monde connait le fameux *sinon, non!* des aragonais; mais ce qu'on ignore généralement, c'est que pour soutenir cette fière formule, l'Aragon avait institué le tribunal du *Gran-Justicia* dignitaire nommé par le peuple et chargé, comme les Ephores de Sparte, de recevoir toute plainte des citoyens contre le roi.

L'aragonais Antonio Perez, secrétaire de Philippe II, poursuivi par ce monarque, se réfugia en Aragon et invoqua le bénéfice des lois du pays. Quoique Philippe eut fait intervenir l'Inquisition, Perez fut mis en liberté. Il s'en suivit un conflit qui forme un des épisodes les plus intéressants de l'histoire d'Espagne. Bref, une armée pénétra dans la province et en vainquit les habitans soulevés pour la défense de leurs droits. Lanuza, le Gran-Justicia, périt sur l'échafaud avec plusieurs nobles qui l'avaient aidé à résister à l'absolutisme. Dès lors, comme en Castille depuis la chûte des *Communeros* sous Charles-Quint, il n'y eut plus ni constitution ni cortès, mais seulement un simulacre de représentation qui n'en couvrit que mieux la tyrannie du pouvoir royal et de ses ministres.

Dans les deux cas, le despotisme s'établit sans déguisement aucun.

La liberté triompha et succomba deux fois encore, et le peuple Espagnol tomba sous la férule du parti doctrinaire ou modéré non moins funeste que l'autre.

L'émancipation de l'Amérique Espagnole, qui commença par l'invasion de Napoléon et à laquelle les événements de 1820 prêtèrent une nouvelle impulsion, acheva de s'effectuer en 1825. L'Espagne perdit les conquêtes de Fernan-Cortès et de Pizarre, et l'Angleterre eut, dans le commerce de ces contrées, une compensation à sa perte d'influence sur l'Europe complètement dominée alors par le despotisme de la sainte alliance.

La troisième phase de pouvoir du parti libéral provint d'une révolution de palais. Pour assurer la couronne à sa fille Isabelle et vaincre don Carlos frère du roi, que soutenaient le clergé et tous les éléments de l'ancien régime, Marie Christine, veuve de Ferdinand, se jeta dans les bras du parti libéral. L'armée et les grandes villes principalement prirent avec ardeur parti pour la reine en 1833.

Le parti libéral était plus considérable qu'en 1812 et qu'en 1820; néanmoins l'enthousiasme fut moindre qu'alors parce que le Statut Royal n'avait point la popularité de la constitution de Cadix et que bien des gens craignaient qu'à sa majorité, Isabelle II ne fit ce qu'avait fait son père en 1814. Aussi l'Espagne qui avait porté les premiers coups à l'Empire et qui, seule, avait proclamé la liberté en dépit de la sainte alliance, dût-elle former la quadruple alliance avec l'Angleterre, la France et le Portugal.

Les populations qui repoussaient Don Carlos, purent au moyen de la presse et de la tribune faire en 1835, une révolution pour élargir le Statut Royal; elles en firent une autre un an après pour compléter leur victoire, et la Constitution de 1812 fut jurée une troisième fois.

Mais les Cortès commirent l'énorme faute de faire une nouvelle Constitution tout imbue des doctrines modérées, établissant un Sénat et donnant au roi le veto absolu au lieu du veto suspensif de la Constitution de Cadix : grave erreur politique, qui coûta cher au parti populaire.

Le peuple vit avec peine qu'on abandonnait sa Constitution favorite, et l'enthousiasme pour celle de 1837 fut de pure convention.

Marie-Christine usant de ses prérogatives comme régente, alla changeant de ministère jusqu'à remettre le pouvoir aux doctrinaires qui, tout en vantant la Constitution de 1837, désiraient revenir à un système analogue au Statut. Parler d'une manière et agir d'une autre, est chose très-ordinaire chez les modérés.

Comme Don Carlos s'appuyait sur une armée, ils n'osèrent point d'abord se montrer aussi réactionnaires qu'ils le furent en 1844; mais au moyen de quelques lois et surtout de celle sur les municipalités, ils se préparaient à en finir avec les progressistes, lorsqu'en 1840 eut lieu la quatrième victoire du parti libéral.

Le *pronunciamiento* de 1840, eut pour résultat d'ôter la régence à Marie-Christine et de la donner au général Espartero, Duc de la Victoire, lequel avait mis fin à la guerre civile.

On fit encore la faute de conserver la Constitution de 1837, et les réformes qu'on adopta furent à tel point insignifiantes, que grand nombre de libéraux se lancèrent dans l'opposition, servant ainsi, en général, à leur insu, Louis-Philippe et Marie-Christine qui, à leur tour, renversèrent le Duc et le chassèrent en 1843.

Alors les modérés se croyant assurés au pouvoir, jetèrent le masque et se montrèrent si cruels envers les progressistes et les exaltés, leurs anciens alliés, qu'ils laissèrent bien loin en arrière les royalistes de 1823. Dans la première année de leur domination, ils firent fusiller plus de 200 personnes. Ils abandonnèrent la Constitution de 1837 pour une autre plus rétrograde encore et achevèrent de mettre le comble à leur impopularité par le mariage Montpensier qui eut lieu en 1846.

Aux tripotages électoraux de France les plus scandaleux, aux lois destructives de la presse, ils ajoutèrent la suppression de la garde nationale parce qu'ils ne pouvaient, comme Louis-Philippe, compter sur la petite bourgeoisie. Du reste, ils n'imitèrent point l'espèce de mansuétude de ce roi, seule chose bonne qu'il y eût en lui. Aux mœurs dissolues de la cour de Charles IV, ils allièrent les jeux de bourse et autres habiletés importées de Paris, et dépassèrent Ferdinand VII en cruautés en Galice et à Alicante.

Le parti royaliste avait diminué dès 1812; le parti libéral s'était accru mais il s'était divisé et avait donné naissance à ce parti rétrograde qui, tout nourri du système doctrinaire Français, confisquait la liberté et n'en conservait que le nom.

Les royalistes nient le système représentatif; les

modérés l'admettent, mais à la condition, toutefois,
qu'on leur laissera fausser les élections, avoir la majorité et poursuivre quiconque leur fera une opposition
sérieuse.

Les royalistes supprimaient les journaux ; selon eux,
pour obéir il n'est pas nécessaire de discuter. Les modérés consacrent, dans la Constitution, la liberté de la
presse ; mais leurs lois organiques disent : prison et
amende pour qui n'écrira pas dans notre sens ; liberté
d'applaudir aux idées et aux actes de ceux qui com-
mandent.

Le peuple ne s'y laissa pas tromper ; il vit que c'était
là le même despotisme que par le passé avec l'hypocrisie
en plus.

Royalistes et modérés supposent que la vraie liberté
est ennemie de l'ordre, refusant, en cela, de voir ce qui
se passe aux États-Unis et en Angleterre où les conspirations sont inconnues tandis que l'Europe modérée et
royaliste est une prison et un champ de supplices.

Les rétrogrades ont pu persuader à une partie igno-
rante de la nation que leur système de gouvernement,
par cela qu'il institue deux chambres, est semblable à
celui de l'Angleterre ; cependant ils détruisent le jury,
la liberté de la presse, la liberté individuelle, et n'éta-
blissent dans leurs Constitutions que le contraire du
système anglais : c'est-à-dire un pouvoir tyrannique avec
des dehors parlementaires.

En esquissant les triomphes et les revers du parti
populaire en Espagne, j'ai passé sous silence les tentatives qui eurent lieu dans les intervalles, et qui prouvent, mieux encore que le succès, que les idées libérales

avaient dans la Péninsule de profondes racines et des amis sincères sachant honorer leur cause aux jours de malheur.

Les Mina se réfugiant en France après avoir tenté une insurrection dans la Navarre ; le général Porlier, pendu en Galice (1815) ; le général Lacy, pris en Catalogne et fusillé aux Baléares (1817) ; le colonel Vidal, tué à Valence (1818) ; le colonel Bazan, mort en Murcie (1825) ; les généraux Torrijos et Manzanarès, fusillés en Andalousie (1831) ; le général Zurbano, à Logrono (1844) ; Bonet, la même année, à Alicante ; le colonel Solis, fusillé en Galice (1846) ; enfin Abad, en Aragon (1848) ; (sans parler d'autres tentatives qui n'eurent pas un résultat aussi funeste ou dont les chefs étaient moins connus), sont autant de faits qui prouvent la persévérance Espagnole et la haine que les gouvernements absolutistes ou rétrogrades inspiraient à la nation. Sans l'appui de l'opinion publique, qui eût osé attaquer de front un pouvoir ayant en main la force et les trésors? Que les autres partis aient eu aussi leurs martyrs, il n'y a rien là qui doive surprendre. On comprend que des hommes se sacrifient en faveur de systèmes qui, pendant des siècles, avaient créé d'immenses intérêts.

Les grandes villes se montraient toujours attachées aux idées nouvelles et elles suivaient la marche ascendante de la révolution. Il en était ainsi de bon nombre de districts ruraux, et il n'y avait point de localité qui ne comptât des partisans du progrès ; c'étaient généralement les personnes jouissant de quelque aisance. Cette tendance des villes et des classes éclairées, est commune aux révolutions d'Espagne, de France et d'Angleterre.

Elle se manifesta même, mais seulement en 1833, chez une partie de la famille royale. Marie-Christine et l'Infant don Francisco, faisaient alors en Espagne ce que les d'Orléans avaient fait en France ; Guillaume III et Anne, en Angleterre ; et Dona Maria, en Portugal.

L'armée tourna cent fois comme en Angleterre, pendant le XVIIᵉ siècle. En Espagne, la tendance des soldats vers le système libéral s'explique par leur contact avec les habitants des grandes villes.

Ainsi qu'en France et en Angleterre, le clergé catholique soutint l'ancien ordre de choses.

La classe moyenne fut libérale, mais opposée à toute mesure énergique. La haute noblesse ne se déclara pas contre le peuple, comme en France, et ne défendit pas la cause libérale, comme en Angleterre.

La magistrature, sous tous les régimes, s'est montrée prête à persécuter les vaincus (1). Quant aux fonctionnaires, il n'y en a eu que trop pour tous les partis ; mais leur nombre et leur pouvoir se sont surtout accrus sous le gouvernement centralisateur des doctrinaires : c'est qu'ils n'eurent point alors à partager leur influence avec le clergé, comme sous le royalisme, ni avec les corps populaires, comme au temps des progressistes.

En dehors de cette marche générale, il y eut diverses exceptions ce qui ne fit que compliquer d'avantage les affaires publiques.

Les influences de l'extérieur préparèrent les événements de la Péninsule. Avant 1808, les Universités s'é-

_____

(1) Il en sera de même tant qu'il n'y aura pas de jury, à moins que les juges ne soient élus par le peuple.

taient déjà nourries des idées Françaises qui, d'ailleurs, par le commerce, pénétrèrent dans le littoral.

L'ouverture de routes et l'établissement de diligences firent affluer grand nombre de voyageurs qui répandirent efficacement dans la Péninsule les habitudes modernes de discussion et le goût des affaires publiques.

Les nombreuses et fréquentes émigrations ont contribué plus encore à ce résultat. De 1808 à 1814, plus de cent mille soldats et officiers de l'armée espagnole furent emmenés prisonniers en France; à leur retour ils répandirent les idées libérales dont ils étaient pour la plupart imbus.

En 1814, tous les Espagnols qui avaient pris parti pour Joseph Napoléon durent sortir du territoire. Ces partisans étaient beaucoup plus nombreux qu'on ne le croit généralement, car Joseph avait tenu pendant dix ans la capitale et plusieurs provinces.

En 1823, nouvelle émigration comprenant plusieurs milliers de citoyens, militaires, gardes-nationaux, fonctionnaires et simples particuliers, tous attachés à la Constitution de 1812.

Enfin plus de 30 mille carlistes émigrèrent à leur tour en 1839 et en 1840.

Beaucoup d'habitants des colonies vinrent aussi en Espagne en passant par d'autres pays tandis qu'un mouvement continuel avait lieu dans un sens contraire. Le plus grand nombre revenait rapportant son tribut d'idées nouvelles. En un mot, il y a eu, depuis 1808, plus d'Espagnols quittant leur pays pour se rendre dans le reste de l'Europe, qu'il n'y en avait eu pendant mille ans avant cette époque.

De là, une modification profonde aux effets de notre isolement antérieur ; de là, pour l'Espagne, le même phénomène que les croisades avaient produit pour l'Europe.

Mais si l'action de l'opinion a été favorable à la révolution, celle de tous les gouvernements Européens lui a toujours été funeste.

Napoléon fut l'ennemi des libéraux Espagnols.

En 1814, la sainte-alliance prit parti avec Ferdinand VII contre les Cortès.

En 1823, Louis XVIII envoya 100 mille Français pour rétablir le despotisme.

Les gouvernements du Nord ont prêté appui à Don Carlos.

Louis-Philippe et les Anglais ne s'allièrent à Christine que pour empêcher l'accomplissement des réformes radicales qui avaient été le stimulant et l'espérance des révolutionnaires.

En 1814, l'Angleterre permit que Ferdinand VII persécutât les membres des Cortès avec le gouvernement des quels elle avait cependant été alliée pour la guerre contre Napoléon ; et elle se borna à donner quelques subsides aux proscrits.

Les Anglais n'empêchèrent pas non plus la chûte d'Espartero en 1843 et n'accordèrent pas, depuis, à ce général, la protection que de 1840 à 1843 Marie Christine avait reçue du roi des Français.

La République de 1848 traita les démocrates Espagnols pire que ne l'avait fait Louis-Philippe.

En un mot, loin de favoriser la révolution Espagnole, tous les gouvernements de l'Europe n'ont fait constamment que l'entraver.

La diplomatie étrangère a été, à Madrid, un puissant agent de réaction.

La révolution Espagnole a été jusqu'ici moins violente que celles d'Angleterre et de France ; cependant la guerre qu'on lui a faite n'en a pas été moins acharnée pour cela.

En 1823, aux moments de réaction, les libéraux furent traités comme s'ils eussent opéré un bouleversement radical : aussi se montrèrent-ils moins reservés lors de leurs victoires de 1836 et de 1840. Ils devinrent révolutionnaires par le fait même des contre-révolutionnaires.

Il y avait, en 1812, complète liberté d'écrire en faveur de l'ancien ordre de choses et les réformes opérées furent purement politiques. Les couvents subsistèrent, on maintint les dimes et les majorats ; on respecta tous les abus, seulement il fut licite de parler contre. Et cependant, en 1814, les députés influents se voyaient traînés aux bagnes d'Afrique et l'Inquisition même était rétablie !

De 1820 à 1823, la conduite équivoque du roi alarmait l'opinion. La persécution exercée contre l'armée libératrice de *la Isla* (2), le rétablissement du monopole pour le

----

(2) Les bataillons qui, en janvier 1820, suivirent Riego et Quiroga, n'ayant pu pénétrer à Cadix, se fortifièrent, à deux lieues de là, dans la ville de San-Fernando appelée vulgairement la *Isla de Leon* ; de là le nom d'armée de la *Isla* donné aux troupes qui proclamèrent la Constitution de 1812.

Les hommes qui depuis 1814, étaient aux bagnes ou dans l'exil, arrivèrent alors au pouvoir, mais loin de se montrer reconnaissants envers l'armée libératrice, ils commencèrent à l'accuser de démagogie et finirent par la dissoudre.

Des persécuteurs de Riego et de ses soldats, sont sorties les deux fractions de modérés qui, depuis, ont causé tous les malheurs de l'Espagne. A peine avaient-ils abattu les patriotes que la réaction releva la tête et que commencèrent les conspirations et les complots fomen-

sel et le tabac restés libres d'impôt durant un an et d'autres mesures vexatoires causèrent du mécontentement.

A cette époque, les royalistes purent parler et voter librement ; leur sécurité personnelle fut entière et aucun d'eux ne dut s'expatrier. Le parti populaire, pour toute vengeance, se borna à chansonner ses ennemis.

En 1823, plus de 20 mille libéraux furent forcés de fuir, 20 mille autres furent emprisonnés ; l'insulte leur fut prodiguée à tous : en chaire, on tonnait contre eux comme s'ils eussent adopté le Protestantisme ou le Judaïsme.

Il est vrai qu'à dater de 1826, les royalistes se montrèrent plus tolérants ; néanmoins les souvenirs de 1823 créèrent en grande partie la résistance de 1833 et furent un stimulant pour les événements de 1834 et de 1835.

Quoiqu'à ces deux époques la réforme politique ne fut qu'un pâle reflet de celle de 1812, la révolution ne procédait point avec les réserves d'alors. Un grand nombre de couvents ayant été brûlés, les congrégations religieuses furent abolies.

Les excès qui eurent lieu dans la capitale en 1834 sous les modérés, furent mis sur le compte du choléra (3).

tés par Ferdinand VII qui, comme Louis XVI, traitait avec les ennemis de son pays et ruinait le gouvernement constitutionel.

(3) A cette époque le choléra ayant éclaté dans la capitale, le bruit se répandit que les religieux empoisonnaient les eaux pour empêcher la réunion des Cortès qui allait avoir lieu pour la première fois depuis 1823. Cette accusation fut accueillie d'autant plus facilement que le clergé, en général, avait prédit hautement que les cortès n'auraient pas lieu. La multitude exaspérée se rua sur les couvents, y tua plus de 80 moines et obligea les autres à fuir ou à se cacher. Le gouver-

Quand ce fléau éclata à Manille, les Indiens disaient des étrangers ce que l'on disait des religieux à Madrid.

La dîme fut entièrement supprimée. Dès 1841, le clergé a été rétribué par l'État.

La majeure partie des biens ecclésiastiques fut vendue. Ces ventes ont été respectées parce qu'en général les acheteurs étaient des modérés.

C'est en vain que ce parti a célébré le concordat ; c'est en vain qu'il reconnaît tous les grades et emplois donnés par Don Carlos ; en vain a-t-il tiré les évêques des rangs les plus dévoués à l'ancien ordre de choses ; en vain rétablit-il nonnes et chanoines, la question des biens nationaux empêchera que jamais les deux partis ne s'unissent.

Le clergé ne peut avoir, avec les modérés, cette influence politique qui, jadis, régentait la monarchie au moyen du confesseur.

Comparativement, il y avait plus de tolérance pour les carlistes que pour les progressistes ou démocrates qui faisaient opposition au parti modéré ; celui-ci, à son tour, se trouve divisé en fractions désireuses du pouvoir, mais animées néanmoins des mêmes vues politiques.

Le caractère réactionnaire de la Constitution de 1837, la faiblesse des chefs du libéralisme de 1840 à 1843 et la

---

nement resta d'abord inactif soit par haine contre les prêtres soit qu'il crut un moment au crime qu'on leur imputait.

L'explication naturelle de cet événement est que le clergé avait non-seulement perdu tout son prestige auprès de la masse du peuple mais, de plus, qu'il en était abhorré pour avoir favorisé en 1825 l'invasion étrangère et prêché l'extermination des libéraux. Les esprits ainsi préparés depuis 11 ans, crurent ce qui, avant 1823, leur eût paru une monstrueuse absurdité.

tendance qu'ils avaient dans leurs écrits et dans leurs discours à se rapprocher de leurs anciens ennemis les modérés, déterminèrent un grand mécontentement chez les progressistes les plus avancés, et donnèrent définitivement naissance au parti démocratique.

On trouve de la moralité chez les chefs du parti progressiste ; mais s'ils ne savent pas frapper l'immoralité dans la personne de leurs ennemis et de leurs subalternes, le peuple ne gagnera rien à ce qu'ils aient le pouvoir. Ils ont, d'ailleurs, perdu beaucoup de leur prestige en manifestant l'espérance que la Cour les replacerait aux affaires. Ils oublient que si, trois fois déjà, ils ont eu en main le gouvernement, ce n'a pas été par le fait volontaire de la couronne, mais bien en vertu de mouvements populaires qui violentèrent la royauté.

Tous les partis politiques ont été grandement portés à rechercher l'appui et les bonnes grâces non des hommes qui les devancent et qui ont naturellement pour eux l'avenir, mais au contraire de ceux qui les suivent : c'est ainsi que les progressistes penchent vers les modérés et ceux-ci vers les carlistes.

Du reste, ces trois partis sont parvenus tour-à-tour à leur apogée. Ils ont gouverné ; on a vu ce qu'on pouvait attendre d'eux. Ils ont, à tel point, détruit tout esprit public que,—la jeunesse exceptée—la masse du peuple en est arrivée à douter que la démocratie même, arrivant au pouvoir, effectue les réformes politiques et partant les réformes économiques auxquelles la nation aspire.

Celles que le parti démocratique promet en Espagne sont les suivantes.

Abolition de la conscription et de l'inscription maritime;

Suppression des passe-ports, des patentes, du timbre et des impôts de peu de valeur;

Le tabac et le sel libres de tout monopole;

Suppression des octrois;

Réduction progressive des droits d'importation et d'exportation jusqu'à suppression entière des douanes;

Répartition des biens communaux, *realengos* et *valdios* (4);

L'armée permanente réduite à des cadres et à quelques corps-modèles;

Etablissement de la garde-nationale comme garantie contre la tyrannie;

La contribution directe et les dépenses publiques réduites de moitié; soit un budget de 600 millions de réaux (1);

Nomination des Alcaldes (maires) par le peuple;

Décentralisation administrative;

Liberté de la presse: plus de cautionnement ni d'éditeur responsable;

Suffrage universel libre et sincère;

Liberté individuelle, liberté d'association, liberté de réunion pacifique;

(4) Terrenos realengos. Terrains nationaux qui sont généralement sans valeur faute de culture.

Terrenos valdios. Terres incultes qui n'appartiennent pas aux particuliers. Il arrive souvent qu'on ne sait si ces terres sont propriété de la province ou de la commune et que, de fait, elles ne sont possédées par personne.

La répartition de toutes ces terres créerait plusieurs millions de propriétaires.

(1) 150 millions de francs environ.

Liberté d'enseignement. Enseignement primaire gratuit ;

Institution du Jury. Nomination des juges par le peuple ;

Liberté pour la fondation de banques et autres établissements de crédit ;

Séparation de l'Eglise et de l'Etat : le clergé rétribué directement par les fidèles ;

Asiles pour les infirmes, les malades et les gens sans travail.

Ces idées qui en général sont communes à tous les démocrates de l'Europe, conduiront, en matière économique, à l'impôt unique direct, général et progressif; c'est-à-dire à un système financier tel que, — contrairement à ce qui a eu lieu jusqu'ici, — les riches seuls paient le gouvernement et qu'ils ne puissent plus augmenter leur opulence à l'ombre d'un budget qui épuise les classes deshéritées et concentre toute la vie dans le pouvoir.

Si les gouvernements adoptent ces réformes ou que les peuples opèrent cette révolution, l'alarme causée par le socialisme cessera aussitôt. Que les docteurs socialistes écrivent alors tout ce qu'ils voudront ; de leurs efforts sortiront des idées et peut-être des essais utiles : on laissera le reste. Mais il arrivera, comme aux États-Unis, que ni ces hommes ni leurs doctrines n'effraieront plus personne. La peur qu'ils inspirent en Europe provient de ce qu'ils ont raison, et il en sera ainsi tant que les gouvernements auront 4 millions de soldats et 1 million de fonctionnaires dont l'entretien exige cette quantité d'impôts indirects qui écrasent les peuples et augmentent le paupérisme. Les palliatifs ne suffisent pas : il faut guérir le mal radicalement.

Ni l'ordre public, ni la propriété n'ont rien à redouter des réformes : l'Union Américaine le prouve. Le danger consiste à ne pas extirper la lèpre Européenne.

Le despotisme s'est expérimenté chez nous, pendant 300 ans. Riche de ses mines du Potose et de ses immenses colonies ; habitée par une population morale, travailleuse et résignée ; dominée par un gouvernement libre de tout contrôle et intimement uni au clergé ; courbée sous l'intolérance religieuse et plongée dans le silence sépulcral qu'entretenait l'inquisition ; variée de climats ; fermée comme la Chine ; dénuée de représentation, de presse, de stimulant ; étrangère enfin à toute polémique religieuse ou politique, l'Espagne a été l'école pratique du despotisme. Où tout cela vint-il aboutir ? A la catastrophe de 1808, à ce que plus tard on put dire avec quelque raison que l'*Afrique commençait aux Pyrénées*(5), et, en définitive, à ce que la révolution pénétrât dans la Péninsule et dût y passer, sans transition, par les mêmes crises que dans le reste de l'Europe. L'ancien régime a fait son temps, les résultats en ont été les mêmes partout.

Le gouvernement doctrinaire ou modéré n'est pas moins désastreux ; plus dispendieux que l'absolutisme ou la dé-

---

(5) Allusion aux paroles prononcées à la tribune française sous le règne de Louis-Philippe.

L'auteur en appelle de cette injure à tous les hommes intelligents et consciencieux. Le passé glorieux de l'Espagne, ses monuments, les grands hommes qu'elle a produits, son héroïsme récent lui donnent droit au titre de nation européenne civilisée.

. Les vertus de ce pays lui sont propres, ses vices proviennent de son gouvernement. La preuve en est dans les provinces *Vascongadas* qui, régies depuis des siècles par le système démocratique des *Fueros*, sont dans un état beaucoup plus prospère que le reste de l'Espagne.

mocratie, il a, en outre, tous les inconvéniens de la liberté sans en offrir les avantages.

La France et l'Espagne en sont un exemple, sous leurs gouvernements doctrinaires, le mécontentement y a été général, les tentatives révolutionnaires fréquentes et la misère de plus en plus grande. L'immoralité y a été à tel point croissante que le champion du système, le journal des débats dût, il y a quelques années, s'écrier : « Rien n'est organisé en Espagne si ce n'est le vol ! » En France, il fallut sévir contre les nombreux agioteurs que signalait l'opinion publique, et frapper deux ministres prévaricateurs. Fondé sur l'immoralité, un pareil système ne peut avoir de durée.

La liberté doit être une vérité et non une fiction comme en France et dans les républiques Espagnoles du sud, auquel cas elle ne produit rien de bon parce que le gouvernement a besoin d'être compliqué et corrupteur pour se soutenir sans l'appui de l'opinion publique. La force ou l'opinion, telles sont les uniques bases de tout gouvernement.

Comme les partis ne vivent pas seulement de leur vie intime et de leurs espérances, mais encore du mouvement et de l'esprit qui animent les autres nations, j'ajouterai à ce que j'en ai dit, un aperçu de leurs vues extérieures de telle sorte que leur caractère et leur marche future en deviennent plus évidents.

Les Carlistes rêvent le triomphe complet de la politique Russe ; ce qui aurait pour conséquences de donner à Henri V la France, à Don Carlos l'Espagne et à Don Miguel le Portugal ; de laisser l'Italie sous la domination de l'Autriche et de rendre obligatoire pour l'Europe l'immense force armée qui l'opprime et la dévore aujourd'hui.

Les modérés voudraient voir les d'Orléans en France et les Torys en Angleterre. Leurs journaux applaudirent à l'entrée des Russes en Hongrie et à la domination de l'Italie par les Autrichiens. Eux-mêmes intervinrent en 1847 en Portugal et en 1849 à Rome. A l'époque de la révolution française de 48, ils offrirent leur alliance à l'Angleterre qui leur conseilla de laisser le champ libre aux progressistes, et, sous prétexte d'énergie, ils chassèrent l'ambassadeur anglais dont ils auraient été les très humbles esclaves si l'Angleterre leur eût dit qu'ils étaient les hommes nécessaires.

Les progressistes désirent que les Wighs soient tout-puissants en Angleterre quoique ce parti n'ait jamais rien fait pour eux si ce n'est de donner quelques conseils à Marie Christine. En France, ils eussent voulu, au lieu de la république, la régence de la duchesse d'Orléans avec un ministère libéral. Leurs sympathies, à l'égard de l'Allemagne et de l'Italie, sont pour une liberté analogue à celle dont jouit le Piémont.

Les démocrates désirent naturellement que la cause des peuples triomphe partout : pour l'Angleterre, les radicaux ; pour la France, une république propagandiste donnant aide et protection aux peuples ; pour l'Italie, la Pologne et la Hongrie, l'indépendance et la liberté. Ils voudraient que l'Allemagne fut, au nord, une autre France qui contînt la Russie et que, l'Europe étant unie sous un système radical de vraie liberté et de réformes, on pût supprimer les armées, sceller l'alliance des peuples et abolir les douanes. Alors disparaîtrait toute idée de conquête et de violence et les différends iraient tous finir dans un arbitrage général. Ils désirent, en outre, l'union de l'Espagne et du Portugal et l'application du système *foral* (6) des provinces Vascongadas à toute la Péninsule. Ce système est le développement naturel de la Constitution de 1812.

Les 27 dernières années prouvent qu'en Espagne et dans l'Europe, en général, la marche des idées tend à l'établissement d'un système analogue, autant que possible, à celui des Etats-Unis et aussi opposé à l'ancien régime qu'au modérantisme qui n'est que l'hypocrisie de la liberté. Avec leurs armées permanentes, les modérés ne sont, au fond, que des royalistes; ils ne gouvernent point par l'opinion, mais par la force. Craindre quatre brouillons n'est qu'un vain subterfuge; pour les mettre à la raison, il suffirait des quelques mille hommes que l'Europe aurait dans ses cadres, et les honnêtes gens armés sauraient bien protéger la famille et la propriété, c'est ce que l'on prétend défendre, mais, en vérité, on ne défend que les gros budgets.

Pour comprendre que les socialistes ne sont qu'un prétexte, il suffit de remarquer que les socialistes sont nés d'hier et que l'oppression est antique. Le remède contre le socialisme consiste à adopter les grandes réformes surtout les réformes économiques.

J'ai donné dans cette introduction une idée générale

---

(6) L'administration de ces provinces est indépendantes du gouvernement central. C'est une administration démocratique à peu près semblable à celles des cantons Suisses.

Le système *foral* appliqué à toutes nos provinces serait ce que nous pouvons désirer de mieux.

Toute la force de Don Carlos consista en ce qu'il se posait comme défenseur et soutien des *Fueros*.

des evénements qui se sont accomplis en Espagne pendant la première moitié du XIXᵉ siècle. Dans les livres suivants, j'entrerai dans de plus grands détails sur ces mêmes faits et sur les hommes qui y ont figuré.

Histoire du parti libéral en Espagne par M. J. M.
Orense. Traduction de Louis Avril

http://gallica.bnf.fr/ark:/12148/bpt6k8409838

9 782019 608583